JN165553

冬の挽歌

伊藤冬留

鉱脈社

目次

心音

二〇一一年／二〇一二年

サホロ川

二〇一三年

遠い記憶

月光の駱駝

二〇一五年

冬の挽歌

心音

二〇二一年／二〇二二年

心音

まだ暗き
冬の夜明けの心音の
母の胎にて始まりしもの

大川小学校

――東日本大震災二カ月

校舎みな泥に埋もれる惨状の
　見るに耐へ得ずカメラ向け得ず
津波撃ちし小学校の校門に
　手作りらしき鯉幟立つ
青蘆や失ひし子を探す父母
　らしき二人の硬き表情
土手下に一つ残りし家の前を
　白き割烹着俯きて掃く
鎮まれる体育館の避難所に

遠戚の人うつ伏し哭きぬ

波止の夕立

昼寝より覚めて居どころ見失ふ
仰向けの蟬の南無阿弥陀仏止む
出航を待つ間の波止の夕立かな

月夜の女面

私でございますか
いつも通り　少々日当たりの悪い部屋の杉板の
壁に掛けられて　静かにしております

そう　先達て何年振りかで
若い舞人の顔に被せられ舞を舞いました　日向
国は西米良村の
作小屋《さくごや》という名の　茅葺き小屋の広場に
篝火を焚いて　ゆったりと笛と太鼓に合わせて

そんなとき世阿弥の頃の　黒い面の私に
血が通い始めます　表情が急に生き生きして
中年女の艶めかしさが　甦るのです
観衆の男衆も女衆も　どよめきます
ちょうど雲が切れて
折からの十三夜の月の光が差し込みましたから
あたりは　幽玄の世界になりました
太鼓がとろとろ鳴り続け
笛がひょろひょろ唄いました
私は世の殿御らを惑わすように
嫣然と舞いました

舞いが終わると
何人かの男の人や女の人がやってきて

舞人からはずされた　面の私を手に取り
昔も今も　大和の女の顔は同じだと
感じ入ったように　見入っていましたが
そのときはまだ　私は微笑を浮かべたままでお
りました
しかし人が去り布にくるまれ
最後に箱の中に収められると
いつもの静かな私に　戻りました

私のいまの主が（というのも　これまで長い間
幾たびも人手に渡りましたから）私のことを
大変気に入って呉れて　まるで恋人のようだと
女房殿に　からかわれているようですから
できうる限り　この家の厄介に
なろうと思います
おやまあ　今夜も月の美しいこと

雨のにほひ

年の差のふたり落葉の城の跡
逆剝けの割箸むかご飯弁当
秋灯を歩めば雨のにほひかな
妻と二人団地をさるく月夜かな

灰ニナル

アノオカタ　ガ
イッショニ　イテ
クダサル　ノデ
ワタシハ　安心シテ

灰ニ　ナル

赤阿蘇

虫食ひの冬菜流しにみづみづし
嘴に瞬のきらめき冬の鮠
手秤の量る大根の重さかな
遠山や疎水枯野を真つ直ぐに
夕暮の赤阿蘇つづく枯野かな

散華散華

武蔵野や汽笛は雪の富士山に
散華散華銀杏落葉を宙に撒く
極月や生徒老いたるクラス会
胎のぬる纏ひしままのクリスマス
大賞の電光ニュース大晦日

髭の横顔

窓越しに見えにし
髭の横顔は
亡き父上を彷彿とさす

古色蒼然

文置きし
かの靴箱の玄関の
女子寮いまは古色蒼然

アルバム

椅子に坐し
思ひがけなき人のゐる
アルバム繰りつ平静装ふ

受洗の少女へ

バプテスマは
神さまから　あなたへの
最高の　贈り物
それは渇いたときの　清水
汲めども尽きぬ　泉
泉は流れ出て　小川となり
汚れを潔め　魚を遊ばせ
田畑に　水を遣り
岸辺の草花を　育てる

この清水は　いのちの源
人はその生涯で　それが分かる
だから　おめでとう
あなたは
あの方の愛する子供に　なった

磔刑の基督

磔刑の基督
釘を打たれゐるその激痛を
我知り得るや

仮設住の媼の寡黙月凍る

鎮魂の日

――大震災一年

春の雪僧の一団空港に
壊れたる漁船に春の雪少し
白鷺の一群凍てる葦原に
深々と礼春泥の鎮魂碑
手を繋ぐ児童の壁絵春の泥
春の海三・一一の墓並ぶ
春の薔薇津波の跡の側溝に
津波跡の瓦礫の空を鳥帰る
春昼や追悼サイレン鳴り渡る

とぶらふ如く

田も畑もただ一面の春の雪
　空港出でて河口に向かへば（亘理町）
春雪の瓦礫の山を起重機の
　探せる如くとぶらふ如く
中学校の運動場に人影なし
　碑残し水蔽ひゐる
フクシマの後も世界に建設の
　原発じつに六十三基

脱帽をして

鎮魂の日の北上の葦原の氷に鷺の白き群立つ
（大川小学校）
崩れたる小学校の鎮魂碑深々と礼脱帽をして
花束を胸に泥土の校庭を静かに巡る一人の老女
裏山は四五十メートル程の距離何故山に逃れざりしや

新しき墓

新しき墓に
刻みし法名の
日付はすべて三・一一

錆の骸骨

春寒や浜辺の石に腰下ろし
昼飯を食む捜索員ら
（南三陸町）

病院の天井裏の配線の
垂れにしままの長き廊下よ

病院の眼下防災庁舎あり
その立てる様錆びの骸骨

おそらくは遺体のありし場所なりき
側溝脇に花束一つ

叫びつつ流され行きし人を見て
　生き行く気力失ひしといふ
マイク放さず波に呑まれし職員の
　やはらかき声まだ耳底に
岸壁の瓦礫の山の足許に
　蒸気機関車転がりてをり

追悼式

大震災追悼式の黙祷の
　群に加はりサイレンを聴く（石巻市）
追悼式に長の肩書多かりし
　延々つづく献花の呼び名
臆面もなく原発の再稼働いふ
　原子村つねに塀内

こけし

春雪やこけし人形
買い求め三・一一と
足裏に記す
（鳴子温泉）

春の宿

老鶯やローマに通ず月の浦
白を追う黒湯の街の春の猫
湯の街に除雪車往きぬ春の雪
部屋口に「シメ」「キヌ」「フクコ」春の宿

受洗の息子へ

額に　見えない印が付けられた
もう　どこへ行こうと
どこへ　隠れようと
どのように齢を　重ねようと
その印は　消えない
それはあのお方の　赤子になった印
たとえ　地獄に堕ちようとも
必ず救われる約束の　印

球根のちから

グランドの球音高く春の雲
球根のちから鉢の芽十センチ
牡丹雪老いはくの字に転寝する
ちちははとこどものかたち春の雲
母の忌や古墳のさくら二、三輪

コレジヨ跡

島原やコレジヨ跡は葱畑
潮騒や白梅の枝を耶蘇の墓
長椅子に古き讃美歌春の鳥
耶蘇像の示す指先春の海
海がすみ幕吏に遠き沖の島

土一揆

説教に赤子の返事蔦若葉
荒梅雨や反原発の土一揆
土砂降りや水着の群れの一目散
風鈴を呉れにし少女二児の母
草に背を濡らし涼しき星の空

驟雨

アンコールワットに暗き驟雨来る
石廊に足跡残す驟雨かな
驟雨止む夕日を僧侶二、三人
炎昼やヨセフの夢の痩せし牛
吊り床に赤子をあやす市場かな
バイク後部の娘バナナの房下げて
サンダルや親指だけの爪ルージュ
緑陰や独りままごとする幼女
夏草や刑場跡に積む髑髏
神殿の壁を半裸の女神たち

アンコール・ワット遺跡

南大門飾る仏頭やはらかき
　微笑を湛へ聳え立ちゐぬ

カンボジアの若者たちの話し声
　低くやさしく歌ふがごとし

手を繋ぎ行く自転車の娘たち
　あぶないぞほらあぶないぞ

輪タクの頬過ぐ夜風心地よし
　昼間の暑さ拭ふがごとく

内戦の地雷に足を失ひし人々
　坐して楽を奏でり

物売りの子供らに菓子遣る少女
　鉄腕アトムのTシャツを着て

昏れゆくやエマオの道の主の如く
　寺院を三人遠ざかり行く

シエム・リアプ

志功描く女の顔はいとあやし
遊女とも見ゆ　菩薩とも見ゆ
――小林正一

アンコール・ワット寺院の
女神や乾闥婆《けんだつば》たち　がそうだ
柔和で微かな笑みを浮かべ
慈悲に溢れた顔立ち
上半身を露わにして　腰を心持ち捻っている

棗の実のような眼
少し低いけれど形のいい鼻　厚めの唇

そのような　神仏溢れるこの国で
信じられないものを　見てしまった
それは《殺しの広場》という名の処刑場跡
四面体のガラス堂の中に
ぎっしり積み上げられた
頭蓋骨　それに頸椎や肋骨や胸骨
彼のポル・ポト政権が
過激な左翼革命政治を行い
中産階級や知識人を　大量に粛清した痕跡
掲示板に　古い写真や新聞の切り抜きが
張り付けてあった

見ると　後頭部にツイスト・ドリルを突き付けられた女
手足を縛られ　仰向けに死んでいる男
黒の制服にサンダルの
薄笑いを浮かべた兵士たち
もっこを担いで　河原を蟻のように蠢く市民
土塁のように積み上げた骨を
死人のような眼で見ている　子供たち
処刑跡は　草茫々のままの空地だ
外廊に　老女が一人蹲っていた
物乞いのようでも　身障者のようでもあった
顔はついに　上げなかった

繁華街の通りを　　自転車の少女が二人
手を繋ぎ　並走している
生鮮食料品山積みの市場は　活気に溢れている
ハンモックの赤子を　若い母親があやしている
生きた豚が二頭　バイクの荷台に
括りつけられている
骨董屋で古い鈴を見つけ　土産に買った
指で弾くと　ちんと澄んだ音がした
祈りの音だ
もう仲間同士憎しみ合うのは嫌だという
平和がいいという　思いの音だ

白のかがやき

岩を嚙む峪のしぶきや藤の花
峪ぢゆうに男の匂ひ椎の花
電線の小鳥の嘴のさくらんぼ
歩の生涯なればさばさば心太
百歳は白のかがやき白牡丹
移り気はすなはち多情合歓の花
晩祷の指にいちごのにほひかな
かたつむり西より天気崩れけり
父の日やとうに超したる父の齢

キウイの実

峰雲の峰に分け入る一機かな
夏草や津波の跡の土台石
海釣りの錘畑より炎天下
放射能12べくれるキウイの実
みづ濁る水の惑星夏の月
薄日して秋の気配や蔵王山

人形の首

——大震災一年五カ月

仙台市・日本基督教団
東北教区支援センター・エマオ

津波跡の硬き畑土掘りゐれば
　人形の首汚れ出で来ぬ

松林辺りの遺体一三〇
　此処らは三と農夫指差す

ボランティア終え写真撮る若者ら
　V字サインの顔輝かせ

仙台北教会

これは映画これは映画と叫びつつ
　津波に追はれ山に逃げしと

住み慣れし町波底に沈み行く
　様見詰めつつ心冷えしと

七夕やノーモアヒロシマ・ナガサキに
　フクシマ加へ折鶴渡す

裁き

その　内なる思いは
言葉にした途端　そのようになる
だから　言葉にするな
人を　裁くな

約束

婚礼の
「約束します」の太き声
小さき花嫁包むが如く

童話

イエスさまが　いいました
そのいずみを　のぞいてみなさい
男が　みると
すいめんに　サタンがうつっていました

お釈迦さまと
イエスさまは　かおをみあわせ
それから　お二人は
すこしさびしそうな　かおをなさいました

ひとよりも美しいとおもっている　女に
お釈迦さまが　いいました
そのいけを　のぞいてごらん
女が　みると
すいめんに　夜叉のかおがうつっていました

ひとよりも
ましなにんげんとおもっている　男に

過　客

蟬ほろと墜つ夕闇の雨の中
雉鳩の唯我独尊秋の風
鳴き終えて土鳩俯く秋の暮
曼珠沙華除染の客土突き抜けて
満月や豪華客船近づき来
老いてこそ過客と思ふ萩の花
しんしんと包丁研ぎぬ秋の昼
枯蟷螂石に躓く不覚かな

泉の木の枝に

祭壇に亡き師の帽子蘭の花
かね柄杓しんと泉の木の枝に
源流のさざめき途絶え秋の空
バーナーが沸かす珈琲秋の山
流星やひとの命は尽きるもの
大入日流刑の島を鳥渡る

透き通ってきた

長大なパイプオルガンが　奏でる
C・フランクの《アンダンティーノ》は
波打って
大空を吹き渡るオーロラの　光のようだ

嗚呼　ｍａｄａｍｅ
賑やかに鳴き叫んでいた　ピンクの蟬の翅が
秋になって　白く透き通ってきた

遺　髪

作家五木寛之は　若くして死んだ母の
指先に絡まるほどの　僅かな遺髪を
己が老いてから　インドに運び
火に燃やして　ガンジス河に流した

人の身体は　死ねば只の物体だが
人が　生きて存在したという事実は
永遠である

大正の駅

秋涛や地球の丸く見える丘
笛の音や菊の華燭の越天楽
鯊堤三・一一の罅残す
枝豆やスカイツリーに灯が点る
奥秩父奥多摩釣瓶落としかな
灯を点す大正の駅月明かり

鉦と鈴

ころん　からん　ちりん
ころん　からん　ちりん

一番目は　ヒマラヤのブータン王国の鉦
二番目は　中国ゴビ砂漠の駱駝の鈴
三番目は　カンボジア王国の寺院の鈴

ころん　からん　ちりん
ころん　からん　ちりん

民族は　違えども
国は　違えども
住む処は　違えども
人間を超越した　絶対的存在に
手を合わせる思いは　同じ
争いを忌避し　平和と安寧を願う
心は　同じ
夕日の窓辺に　吊り下げられ
肩に　触れる度に
風が吹く度に　鳴るよ
控え目な　澄んだ小さな音で

舟一つ

ながながと人の足跡寒怒涛
竿振つて寒荒波に針飛ばす
寒怒涛港へ急ぐ舟ひとつ

庭の野菜

そうこうの妻
悲しますことあらば
庭の野菜の立ち騒ぐべし

大つごもり

荒行の声を掻き消す冬の滝
鵜の笛岸辺に釣具置きしまま
子が跳べば子を飛び越える冬の鷺
打ち捨てし薄氷もとのままの態
冬の蝶払へば指にしがみつく
大つごもり天窓の雲昏れ残る
また一つ失うて年暮れにけり

サホロ川

二〇一三年

道の神

初釜や主役は黒の楽茶碗
かがみ餅具する習はし道の神

サラの死

サラが死んだ
その亡き骸を　アブラハムが
抱きかかえ　覗き込む
その顔は　悲しみに歪んでいる
これが　あのサラか
アブラハムは　思い出す
昔　まだ若かったころ　二人でネゲブから
エジプト国へ入って行った　とき
美しいサラが妻と分かれば

土地の男たちに自分が
殺されると思い　妹だと偽り通したことを
そのサラは　老いて息絶え
早くも硬直が　始まって
蠟状の死体に　変貌し始めたのだ

アブラハムは　畑を買って妻を埋葬した
ヘト人の地主エフロンに
銀四百シケルを払って

M・シャガール画《旧約聖書――サラの死》より

春焚火

若き日の父の寡黙の春焚火
逆らへる犬の突つ張り春疾風
極楽の境か縁の春日向
夕凍みや静脈に入る太き針
恋猫の目の据はりたる狂気かな
やもお家に春の風鈴鳴りにけり
春愁や湯屋にうつむく男たち

秘訣

健康の秘訣は　昔から
食う　動く　寝るの三つ
それに　一日に
ほんの小さなことで　いいから
楽しみを　見つけること
老い先短いなど言わずに　夢見ること
短くていいから　祈ること

めだか

――めだか　この寒さで大丈夫？
――大丈夫だよ
――そうね　死んでたら浮いて来るものね
――そうだよ
　一度浮いて　それから沈むのさ

人間も同じ
津波で流されて　大方は海の底に沈んだ
そして　豆腐のようになって

融けて流れてしまったか　或いは
魚の餌になったに　違いない

――地上で死んでも　同じ
火に焼かれて　煙になり
残った灰は　丁重に葬られるが
場合によっては　捨てられる
仮に　エジプトのファラオのように
ミイラになって　何千年も
形を残したとしても　永遠に残る訳ではない
人類も　いずれは滅びるだろうし
第一この地球そのものが　消滅する
すべて　形あるものは崩れる
それが　この地上どころか

銀河宇宙のものの　定め
《物質とは　古典的には空間の一部を占め
一定の質量を持つ　客観的存在
物質の構成要素は分子　原子
究極的には　それらを構成する核子　電子》

しかして伝道者はいう　人は復活する　と
その先穂は　イエスである　と
伝道者は　いう
復活とは生き返ること　ではない
それだけなら　人はまた死ぬ
復活は永遠の生命　目には見えない
あなたはそれを信じるか　と

――あ、出て来て　泳いでいるわ
――そうだろう　死ぬはずないもの
――きょうは　少し暖かいから

火炎土器

春一番見たことのない鳥がゐる
十字路の遠足の列動き出す
陽炎や畑より出でし火炎土器
引き鶴や日に透き通る翅の筋
水脈を引く船のマストを鶴帰る
欠伸してぷつと息吐く春の貝
芝居見に行こうよけふは大石忌
教会にまだ誰も来ず諸葛菜
春しんとして胸中に溜まるもの

光芒のしぶきを春の星座かな
電車庫の灯も消えて月おぼろ

夜神楽

轟々と音を立てて　風が木々の枝を揺り動かす。山の道を　八百万の神々が列を作ってやって来る。ここは　九州山地の標高九百余米に位置する集落。その寒さの中を　筋骨逞しい鬼神の猿田彦大神。武勇の神にして主祭神の　日本武尊。髭を生やしているが　やさしい顔の春日大神。愛らしいが　時には妖艶な表情になる天照大神など。

神々が　御神屋《みこうや》に出揃うと　車座になり　舞いが始まる。

――木が三本あれば森となり　山神が宿り
暮らしに必要な水が湧く　鳥や獣が棲み
清らな水は川となり　谷を流れる
三尺の深さになれば　水神が宿る

寿命長遠　五穀豊穣を祈る舞い。　それから弓の舞い　地の神猿田彦神の舞い。荒ぶる山の神の　舞い。
やがて日が傾き　冬夕焼が舞人の白装束を染める。気温がぐんぐん　下がる。
空に星がまたたく頃　月もまた天空に輝く。

舞殿を囲む観客席のドラム缶の炎が　夜空を焦がす。

――須佐之男命は姉の天照大神と争ったので
大神は岩戸に隠れた
須佐之男は手力男神に諭されて
大神のお出ましを願った

神々が岩戸の前で夜通し踊り続けて　山々が白み始める頃　天照がそっと岩戸を開けて　外の様子を覗き見る。その瞬間　手力男神が戸の隙間に手を掛け　さっと開けた。たちまち世界は元通り明るくなる。春日大神が天照の手を取り　岩戸から外に　お導きになる。俯いている

が　艶やかな天照の表情。豊満な体つきの天鈿
女神が　喜びの舞を舞う。
山々が赤々と染まり　ちょうど夜明けである。

——宮崎県諸塚村　南川神楽より

ぴいえむ2・5

占ひの粥放りけり春の川
梅が香や空にぴいえむ2・5
ここは我が砦と峰の桜かな
聖杯を戻し手を見る復活祭
万愚節絡繰りごとはまつりごと
電線にＰｅａｃｅ　ｐｅａｃｅと春の鳥
春の暮ははの引き摺る足音す
孫の手の欲しき痒さや霾ぐもり

隕石

地球に辿り着く小天体は　殆どが無名である
一年に数千個も落下する流星が　そうだ
——あ　流れ星だ
と　いわれるだけで
それ以上に記憶されることはない
だのに　ウラル地方の
チェリャビンスク州に落下した
《チェバルクリ隕石》は直径17米　重量1万屯
落下中は　太陽よりも明るい火球となり
空中で爆発して　衝撃波を起こし
一千人以上の負傷者を出して　世界のニュース
になった
しかもその破片は
宝石並みの価格で売りに出されたのだ

戦後十年程の北海道の
とある小さな村の冬の夜
小学校の若い先生が二人　貰い風呂をして
雪だるまが並ぶ　校庭の脇を通って帰る途中
校舎の屋根の上を　すれすれに
濃いオレンジ色に輝く火球が
ほとんど水平に飛んで
裏の林の方へ消えて行ったのを　目撃した

それは写真で見た箒星のようで
人魂ではなかった
──先生！　見ましたか
──見ましたっ！
──ああ　よかった　ぼくだけだったら大変だった
それから二人は　大急ぎで宿舎に戻ったのだ
翌朝　学校でみんなに聞いてみたが
誰も　何も知らず
新聞やラジオにも　注意したが
ニュースで報道されることは　なかった

《チェバルクリ隕石》は
世界中の注目を集めた

北海道の村の小学校を　飛行して行った物体も
二人の　目撃者はいた
だが多くの隕石は　若い恋人たちに
──あ　流れ星だ
と言われるだけで　視界から消える

人間も　同じ

粥占ひ

ＴＰＰ
粥占ひの禰宜に　問へば
大和の神は英語知らぬ　と

基本的人権

人よ　気を付けよ
為政者は巧言を弄し　民を喜ばせるが
気がついたときは　法の網を被せられて
身動きができなくなる　ことを
収容所の　囚人のように
番号を付されて　管理されることを
公共の福祉の名において
個人の権利は制限され
ｍａｓｓとしてしか　扱われなくなることを

故に　基本的人権が無防備にならぬうちに
体制の波が　寄せて来ないうちに
危険を食い止めよ　巧みに洗脳され
木偶にされて　しまわないうちに

水で顔を洗いながら

父なる　神さま
おはよう　ございます
イエスさま　を通して
朝のご挨拶を　申します

末黒の首

原爆館外の眩しき若葉かな
浦上や末黒の首の天使たち
若葉光園を往き交ふ乳母車

藤供養

ご法度の毒といひしが罌粟の花
法号の無き碑長大太宰の忌
山女釣る仕草も仕掛作るうち
ボンネツトに猿の足跡春の塵
釣り糸を切つたる頭上藤の花
足るを知るとは晩酌の冷や奴
風軽く足裏過ぎ行く昼寝かな
ろうそくの炎の横流れ藤供養

信じる

作家の高見沢潤子が
夫の漫画家田河水泡を　教会に導いたとき
田河は　牧師に言いました
——先生は　神さまがはっきりと分かっている
　のですか
牧師は　率直に答えました
——いいえ　分かっていません　神さまは人間
　が理解したり
　分かったりすることのできない方です

ただ
　私たちは　その力を信じているのです
するど田河は言いました
——分からないで信じるのは　変じゃないです
　か
牧師は　言いました
——分からないから信じるのです　分かったら
　それは認識したということで　信仰ではあ
　りません

ああ　そうなんだ　信じるということは
そういうことなんだ
棒で殴られたような衝撃　というより
地雷を踏んだような　衝撃

どすんと　腹に収まりました
だからいま　私は先人の祈りのように
こう祈ります
――我信ず　信仰なき我を救ひ給へ

――「湖畔の声」（近江兄弟社）より

みちのくへ

生誕地捜しあぐねて立ちゐれば
　人駆け寄りて指差し呉れぬ（会津若松）
かつて我ら薫陶受けし師の筆に
　なる八重の碑は路地裏にあり
高層のホテルの窓に酌みゐれば
　若松城址暮れて行くなり
白壁の小振りの城や官軍の
　大筒弾に如何に耐えしや

聖霊の風吹き渡りオルガンの
　音色となりて御堂に溢る（須賀川教会）
亡き母のキリスト者にはなかりしが
　五月に生まれミサといふなり

葬列の如くトラック往き交ひぬ
　朽ちし校舎の慰霊碑の傍（石巻市大川小学校）
慰霊碑に人影はなし堆く
　花束積まれ風に吹かれて
子供たち描きにし壁画そのままに
　グランドに立つ瓦礫散り敷き
母の名を父の名を呼び苦しみつ
　波に呑まれて息絶えし子よ

鄧麗君・五月八日

街の中を　楽隊が通る
そのうしろを鄧麗君が　唄いながら行く
　何日君再来
　何日君再来
私も楽隊に紛れ込んで　大きな声で
一緒に唄った
　何日君再来
おお　そこにあの人がいた
わたしの声に　振り向いたのだ

白の帽子に　白のワンピース
その横顔は　怒っていた
睨みつけているよう　だった
ああ　あの日比谷の劇場の二階席で
偶然再会したときの　あの顔と同じだ
口を固く結んで　何も言わなかった
あの時と同じ

私は枕元の灯りを点けて
のろのろと起き上がり　厠へ行き用を足す
その力の無い音を　聞きながら思った
何という　ことだ
ここにこうして　いるのは
めっきり衰え始めた　老人ではないか

旬の蕨

被曝せし牡牛霧より現るる
目に見えぬ旬の蕨のシーベルト
若葉冷え汚染の土壌堆く
ガイガー器のみの役場や若葉冷

飯舘村

飯舘村の役場は戸が閉じられ
灯りが消え人影はない
人の背丈ほどの放射能測定器の赤い数字が
０・５６μＳｖ／ｈを示す
草茫茫の田圃にはタンポポが咲き
蛙が一、二匹鳴いていた
村のＪＡとかスーパー
ガソリンスタンドは閉じられ
沿道の家の窓はカーテンが閉められ　犬も猫も
見かけない

あれから二年以上が過ぎ　フクシマはいまだ被
災から立ち直れない
原発は壊れたままで　メルトダウンした核燃料
はおろか
汚染水さえ処理できない　夥しい量の核廃棄物
の扱いさえままならない
だのに原発再稼働が声高に叫ばれ　国は外国に
原発の売り込みを始めた
そこには　原発への懐疑や罪悪感はない
被曝者への気遣いもないし
世界に及ぶかもしれぬ　生命への危惧心も無い
政治理念はおろか

商いの慎みも無い　あるのは
技術に対する過信盲信と自然を畏れぬ傲慢
それに経済優先の大国主義だ
この国はいつからこうなったのか
核を操れば必ず禍を受ける
それどころか国が滅びる　人間が滅びる
そう思わないのか　核の事を他人事のように思
っている　人達よ

奇跡の一本松

これはどうだ　遠くから見ると
確かに奇跡の一本松だが　近づくと
金属ケージを被せられた病人　みたいだ
化学処理をした　とかで
まるでプラスチック製の　大道具だ
見物客が　カメラを向ける
直ぐ後ろに　津波で傾いた建物がある
大火事で焼けたような　黒焦げ色の
切り株が　長い列を作っている

日が傾いて　見物客は引き揚げた
夕闇の中に一本松が　小さく残された
それは　小屋に繋がれたまま
捨てられてしまった　犬

委ねる

父は　こういったのよ
　――ぼくは　もうすぐ行くよ
それからしばらくして
むかし祖母が使っていた只の部屋　なのに
えも言われぬ神秘的な気が　漂い満ちて
間もなく父は　息を引き取りました
その顔は　安心そのもの
一切を阿弥陀さまに　委ねていたのね
そう　思います

とんびの川原

もしも
もしも　美絵子が私より先に死んで
私が　打ちひしがれ
嘆き悲しんでいる　としたら
美絵子は　きっと九州山地の西米良村の
食品会社が　ある
あの　板谷川の〈とんびの川原〉か
小川集落の神社近くの　岩の上で
釣り糸を垂らして　いて
ぼくが合図をすると　にっと笑って
軽く　手を挙げるだろう
そう思っただけで　涙が溢れ出る

母の日

母の日や妻は母にはあらねども
目ん玉が重くないのか目高の子
亡きははの齢数へり麦の秋
水底にみづの塊り泉汲む
原発のトップセールス原爆忌
和の一字だけの碑梅雨滂沱

甲子園

泣き崩る
主戦投手の襟首を
ぐいと引く友炎天真昼

御器噛の遺言

人間とは　勝手な生き物です　私が台所の床の上を　大急ぎで走り抜けようとしたら　この家の奥さんが　恐ろしい悲鳴を上げ　その上に「ごきちゃん　ごきちゃん」と大声で叫んだものだから　亭主が飛んできて　私が一瞬立ち止まった隙に　咄嗟に傍に置いてあったプラスチックの屑入れを　私の上に載せました　私は逃げ場を失った

その間に亭主は　新聞紙を巻いて棒状にして屑入れを取り除けるなり　逃げようとした私に一撃を加えました　それは敵ながら見事な腕前で（といっても　私は腹を減らしていたしそれに急に冷え込んで来ていたせいもあって少し動きが鈍くなっていたから）一発でやられて　深手を負いました　それで動けなくなったところを　ティッシュペーパーで覆われ　つまみ上げられ　そのままトイレに運ばれ　便器に投げ込まれて　あっという間に水に流されてしまいました　私は暗い排水管を通り抜け　いま汚水の溜まる水槽の中に浮いています　程なく私は弱り果て　意識を失い　息絶えるでしょう

それにしても　人間は何故我らゴキブリをこうも忌み嫌うのでしょう　同じ地上の生き物で

はありませんか　彼らが信ずる天地創造の神が造ったとする　たくさんの生き物の一つではありませんか　それとも　その神の意思に反して間違った進化をした　とでもいうのでしょうか
　考えてみれば　人間という生き物は　大昔は哺乳類のうちの　意気地の無いヒトにしかすぎませんでしたが　長い歳月をかけて少しずつ知能を発達させ　道具を巧みに使い　今や地上最強の生き物です　彼らはその生命を維持するために　植物だけではなく他の動物を食料にします　魚や鳥や私たちの仲間の昆虫だって食べるのです
　だが　人間よ　この地上に君臨する人間の時代は永遠ではない　人間の未来学者たち自身が既に予言しています　生物学的にも然ることながら　人間が生み出した文明による環境破壊と絶えることのない戦争　それに飢餓と伝染病で　生き延びることはできないだろうと　それもそれ程遠い先の事ではないと
　かつて　地上を跋扈した恐竜たちが突然滅びたように　新生代第四紀の王者となったヒトもこの地上から消え去る時が来る　彼らが営々として築き上げた都市は廃墟と化し　砂嵐に蔽われた　タクラマカン砂漠の楼蘭のように地中に埋もれる（その後地球を支配するのは　我々ゴキブリだという説があるのをご存じか）このように地球に異変が起きて　人類が滅亡したとしても　他の天体から見れば　それは地球とい

う名の星の色が　青色から別の色に変わった
と認識されるだけのことだ　と
　さようなら人間よ　わたし御器嚙一匹は消え
て行く　人間の運命を予言しながら　さような
ら

化粧不要論

山笠や法被の小犬曳き歩く
締め込みの少年金魚掬ひをり
噴く汗やをんなの化粧不要論
羽化の蟬渡る世間は鬼ばかり
今様の根性なしの花火かな
かね柄杓ひそと泉の木の枝に
炎天や鴉の足となる痩躯
坐るなと丸太の蟻に嚙まれけり
神面に潮を垂らす夏越かな

港花火膝の赤子の顔照らす

教師

教室に　生徒だか学生だか
溢れんばかりに　坐っている
だが彼らは　何も言わないので
しびれを切らした私は　ノートを開けて
熱弁を　ふるい始めた
でも　気がつくと
教室には　五、六人しかいない
——どうしたんだ?
——先生　もう休み時間です

見るとみんな運動場で　遊んでいる
日向ぼこの奴も　いる
風があって　落葉が舞っている

私は　教室の掃除を始めた
干からびた　茶色の歴史年表を
壁から　べりべり剝がした
古ぼけた　真空管テレビの上の鍋に
お湯が沸騰している　ので
箒の柄を伸ばして　スイッチを切った

嗚呼
私は誰からも　尊敬されてない

肉体の罪

目の罪は　色情を以て女を見る姦淫の罪
耳の罪は　煽てや世辞を良しとする罪
口の罪は　人を誇る罪と裏切りの罪　美食の罪
手の罪は　盗む罪　人を殺す罪
人の曰く　この中で目の罪がいちばん重い　と

不器用に

蟬飛ぶやZのかたちに不器用に
被曝地に住む所なし野馬祭
黒ぐろと月夜の火山観測所
鳴き終えて土鳩俯く秋の暮
祭壇に亡き師の帽子蘭の花
夏逝くや老衰の犬死なしめて

かぐや姫

（翁）

竹藪で授けられた　女の子だったが
わたしら年寄り夫婦には　子がいなかったので
天からの授かり物と　固く信じて
この子を大切に育てた　だが或る日
竹の中から　金銀珊瑚や綾錦が吹き出たので
わしは思った　天は娘を
只の竹取の娘としてではなく
都人のように気品のある女性に育てよ

と命じていると
だからわたしは　竹取の仕事を止め
与えられた金銀を手に　都に出て屋敷を買い
人を雇って　それから娘を都に連れ出したのだ
娘は　初めは村を出るのを嫌がったが
若い娘の好奇心の故か　都にはすぐに慣れて
躾も教養も身に付き　都に相応しい美しい娘に
変わった
だが　その美しさが評判になって
都の貴族たちはおろか　御門までもが
かぐやに興味をお示しになるという始末に　相
成った
普通に考えれば
これはこの世に誇る名誉なことだったが

かぐやは　何故かそれを喜ばなかった
貴族たちには　難題を吹きかけて困らせ
貴族たちに　結婚を断念させた
御門は　最高の権威をもって
意を遂げようとしたが
それが　結果的にかぐやの心に絶望感を与える
ことになった
自分の存在が
著しく人を傷つけることを知ったのだ
美しい娘の　宿命というべきか
その頃からかぐやは
夜になると一人窓辺にいて
日に日に大きくなっていく
月を眺めるようになった

そして或る日
突然自分の出自の秘密を打ち明け
満月の夜　雲に乗ってやってきた仏や天女たち
に迎えられて
私達が嘆き留めるのも聞かず
月に帰ってしまった
思えば　あのまま村で過ごさせていれば
こんなことにはならなかったと　心の底から後
悔している
それにあのとき　私の心のどこかに
私も都で一定の地位と
名誉を得ることができるという　いま考えれば
竹取に相応しくない
疾しい思いがあったのも確かなのだ

しかし一方では
これも定め　この年老いた夫婦に
短い間でも
いままで経験したことのない幸福な時を
過ごさせてくれた姫に
心から感謝したいと思う
満月の夜　晴れていれば月を仰いで
姫との楽しかった時を
その都度　思い起こすことができるのだから

（嫗）
あの子は　すくすくと育ち
山村では珍しい器量よしの娘に　なりましたが
性格は天真爛漫　女の子たちとは勿論

男の子たちとも一緒に　平気で野山を駆け廻っ
ていました
自然が大好き　だったのです
動物や虫や草花を　とても可愛がっていました
だから　お爺さんの考えで都に移ってからも
お屋敷の中に
田舎にいた時と同じような畑を作って
野菜や草花を植えて
ときどき土の上に顔をくっ付けて
裏のお山のようだ　と喜んでいたくらいです
しかし　書やお琴などの修練を積んで
教養が深まり
都の生活が長くなるにつれて　あの子から
次第に　明るさが消えて行きました

或る日　偶然に村の若者の捨丸が
官憲に追われて
都大路を逃げ回っているのを
牛車の中から目撃して
それが　ひとつのきっかけで
屋敷を飛び出し
村へ逃げ帰ったことがありました
（実際は　夢まぼろしだったのですが）
余程　育った村が恋しかったのでしょう
月を見上げるようになってから　もう一度
今度は牛車を仕立てて
お供を従えて村に行きました
いま思えば　遠い月の世界に帰る前に
懐かしい村を見納めておきたいと

思ったのでしょう
満月の夜　月からの迎えの雲に乗るまでは
別れの悲しみを抑えきれず
私に取りすがるような
素振りをしていましたが
雲上に招き入れられた途端に
その表情は別人のように変り
もはや振り向きもせず
天女たちに護られて
月に向かって遠ざかって行きました
いま考えても悲しくて
身も心も引き裂かれんばかりの
狂おしいときでした　おそらく私のいのちは
これで　ずいぶんと短くなったに違いありませ
ん

（捨丸）
かぐやは　不思議な子で
竹から生まれたというから
村の子供たちはみんな
あの子のことを　初め《竹の子》と呼んでいた
最初見たときは
まるまる太った赤ん坊だったのに
それほど時が立たないうちに
ぐんぐん大きくなって
気が付いたら　俺の後ろにくっ付いて
山へ行ったり　川で魚を獲ったりして遊ぶよう
になっていた

言えば俺が兄貴で　竹の子は妹というところか
その竹の子が
急に都へ行くことになって寂しかったが
将来自分の嫁にしようなどという
特別な感情は
意識していなかった　ただ　俺がけがをして
竹の子が
自分の髪をくくっていた布をほどいて
俺の傷を巻いて呉れたときに
その大人びた横顔を見て
どきりとしたこと
竹の子がふいにいなくなった後
胸の中に
ぽっかり穴が開いたのではないかと思うほど

ひどく虚しく　寂しかったのを思い出す
あれから　普通に嫁をもらい
いま男の子が一人いる
嫁は働き者で　いまの生活に何の不足もないが
ときどき竹の子　いや　かぐやを思い出して
（都で　悪い仲間と役人に追われて
逃げ回っている時
偶然牛車に乗ったかぐやを見て
一瞬目を奪われ
逃げ遅れて捕まり　立ちあがれぬほど　殴られ
たっけ）
そう　今でも胸が痛くなる
昨日も昼間っから
ほんの少しだが不思議な夢をみた

竹の子が
むかしの村娘のままで戻って来た夢だ
捨丸兄ちゃんと俺に縋りついて　身体を揺すって笑うんだ
あの頃とちっとも変らなかった
そのときは俺も
いまは所帯持ちであることを
すっかり忘れて昔に戻り
竹の子と手を取り合い
抱き合って時をすごした
でも　ふっと気が付いたら
いつもの貧しい身なりの俺だ
これが現実　いまの俺は
子持ちのただの木地師

（かぐや姫）
私が　月から遣わされた者であることは
小さい時から　自覚していました
でも私は
育った山の村の何もかもが大好きでした
それは　歳を取ったお父さまもお母さまも
いっしょに遊ぶ子供たちも　犬も猫も
それに　野山のリスやウサギ
野に咲く花や　小鳥たち　虫
空を流れる白い雲など　全部です
特に捨丸兄ちゃんは
赤ん坊の時から　可愛がってもらって
大好きでした

だから　毎日が楽しくて楽しくて
仕方ありませんでした
ところがある日　お父さまが急に
村を出て都で暮らすことになった
といったのです
私はびっくりしたし
この楽しい村を出たくない
と思いましたが　若い娘ですから
華やかな都には　正直興味がありました
それで　後ろ髪を引かれる思いはありましたが
お父さまお母さまの後について　村を出ました
都の御屋敷はとても大きくて　立派で
村の茅葺き屋根の家とは　比べ物になりません
でした

私はその豪華さに目を奪われましたが　それで
も
その広い廊下やお部屋を　村にいたとき同様
思い切り　走りまわりました
しかし　それができたのも束の間で　私の教育
係の侍女が
きびしく　私に貴族風の躾を始めました
それは行儀作法から始まって　書　和歌　お琴
それに舞いや　着付け　化粧など
貴族の女性に相応しいことを　数多くでした
村育ちの私には　それらお稽古事や学習は
まことに窮屈な思いでしたが　どういう訳か
それほど苦労もせずに　身に付けることができ
ました

忘れられない出来事があります
初潮をきっかけに
正式な名前〈かぐや〉の披露の宴が
三夜にわたって行われたとき
私を侮辱するひどい言葉が
宴の席から聞こえて来ました
それを耳にした私は怒りに震え
そのまま屋敷を飛び出し
都大路を走り抜け　気が付いたら
あの懐かしい育ちの村にいました
髪も着物も破れ
裸足で物乞い同様の姿になっていました
昔住んでいた家の前に立つと
女の人が出て来て

犬に餌を遣るように　器に食べ物を少し入れて
立っている私の前に置いたのです
空腹だった私はそれを食べました
でもそれは全て幻でした　気が付いたら
私は相変わらず
宴席の奥の御簾の蔭に伏せていました

こうして　時が経つにつれて　私の事が都で噂
になり　やがて
私を一目見たいという人たちが　現れるように
なりました
数人の貴族が　次々に求婚して来ましたが
実現しそうもない難題を吹きかけ
求婚を諦めさせました

最後に　時の御門が
私を傍に置きたいと会いに来られましたが
後ろから　いきなり抱きすくめられたとき
瞬時に心理的身体的に　危機を感じて思わず心
の中で助けを求め
それが月の御殿に　聞こえてしまいました
月の父上はそれを聞き　これ以上姫を地上に置
いてはおけないと
月に召喚させるよう　命令を下しました
この命令は絶対で
月の者は必ず従わなければなりません
私が　しきりに月を仰ぐようになったのは
その為です
心は揺れ動きました

いえ　都の生活に未練があったのではなく
小さい時から過ごした　あの村のことが懐かし
かったからです
私は母上に願い出て　牛車を仕立てて再び懐か
しい村へ行きました
村は　もとのままでした
都の着物を脱ぎ棄てて
野道を裸足で走りました
いつの間にか
心も体もあの頃の村娘に戻っていました
すると　途中でばったり
捨丸兄さんに出会ったのです
私達は　激しく抱き合いました　まるで夢のよ
うでした

私は　捨丸兄さんにずっと恋をしていたのです
いつの間にか　二人は鳥のように風に乗って空
に舞い上がり
野を越え　山を越え　雲の高みまで飛びました
それは　この世の幸福の絶頂でした
しかし突然　私達は地上に墜落しました
我に返ると　私は村に来た時と同じ姿で
牛車の傍に立っていました

都に戻ると　私は父上と母上に自分の身の素性
を打ち明け
月に帰らねばならぬことを伝えました
二人は驚き　嘆き悲しみました
それからというもの

二人は大勢の侍や御家人を雇い
邸のまわりを厳重に固めて　私を月に遣らせま
いとしましたが
ついに満月の夜
私は月の世界に戻されてしまいました
思えば地上に憧れ
月の父に無理をいい地上に来ました
生まれた村はとても楽しくて
自然のままでいられて
この上なく　幸せでした
でも都に上ってからは
心と心は通いませんでした
見栄と権威が　まかり通るような世界で
村人たちのような純朴さや　生真面目さはあり

ませんでした
（勿論　人は様々であることは知っていますが）
いちばん悲しかったのは　大好きなお父さまが
次第に都人のようになっていって
私を何とか都の姫君に
仕立てようと　したことでした
初めは若い娘の好奇心で　美しい着物やお琴の
音に心を引かれていましたが
私の自然な心は　窮屈な都のしきたりなどを
素直に受け入れることを　しませんでした
また私は
あの村で経験した自然との交わりを求めて止み
ませんでした
私は　いつも自由であることを望みました

その結果　私は都の多くの人々を傷つけ　打撃
を与えました
結局私は追い詰められ
無意識に助けを呼び求めて
それが　月世界の父に知れることになってしま
いました
私は　月からの迎えの雲に乗せられたその瞬間
この地上での記憶を　一切失います
だからいま　私の心の思いをお伝えしておきま
しょう
十五夜になったら　どうぞ思い出して下さい
むかし《竹の子》といわれた
このかぐやのことを

——映画《かぐや姫の物語》より

独り言

つづら折る山坂の径蟻一匹
韮の花妻独り言多くなる
フクシマや赤味帯びたる月昇る
二学期や背に黒帯の柔道着
年に一度の母の重箱運動会
坐るなと丸太の蟻に噛まれけり

特定秘密保護法

暗い夜が終わり　朝になった
胸に溜まったものを　吐き出すために
ずんずん　歩くことにした
足取りは　がつがつしているが
頬を吹く風は　冷たい

何かしなくては　いけない
かつて　自由にものが言えたのに
戦争のない時が　七十年近くあったのに

と　言わなければならない時が
この先　来ることのないようにするために

屋形船ゆく

月の夜や屋形船ゆく厩橋
駒形やスカイツリーに月並ぶ
曼珠沙華をとこ俯く隅田川

おんこの実

旗立てぬ軍艦島や雁渡し
円盤のたちまち螺旋鷹帰る
枯蟷螂果つ懐を抱きしめて
十六の姉の命日おんこの実
天窓に飛行機雲や文化の日

阿蘇の秋

阿蘇の秋牛乳むかしの味がする
薄明かり未だある釣瓶落としかな
大木に高き梯子や鵙の声
椎の実や兄のうしろを小さき妹
木道のくの字に曲がる枯野かな
もの言へば罪になるらし冷まじや
木枯しや言の葉かろく中天に

人間嫌ひ

脱衣所が終焉の場所冬の虫
少しずつ人間嫌ひ着ぶくれて
冬つばめ仰ぐ網曳く手を休め
水に鳥ただよふ如く冬至の湯
冬蝶の翅はたはたと指の籠
地吹雪に立ち尽くす影それが母
権力の深慮遠謀年終わる

遠い記憶

二〇一四年

本閉じて

書初めののの字一字を一息に
化粧の香置きて去りにし三日かな
本閉じて秒針を聴く寒夜かな
門扉より妻の告げゐる冬満月
暖房器息を引き取る音させて
リモコンを手に眠る妻夜半の冬

咳ひとつ

軒の雨老爺はひとつ咳をする
冬満月かぐや引き取る来迎図
春寒や路に飛び散るガラス片
灯籠の新雪座敷明るうす
川魚の一尾きらりと冬終る

痕跡

老先生は　既に見ていた
まだ　息のあるときに
己の死体が　柩に納められ
花に　埋もれているのを
みんなが　それを覗きこんで
こもごもささやき合っている　様子を
そしてやがて　死体が火で焼かれ
ただの　灰になってしまうのを
先生は　知っていたのだ
死体は自分の痕跡　であって
すでに自分ではない　と

戸下神楽

笛の音も風も神楽の神迎へ
神楽酒聞こしめし神山走る
丑三つや峰に落ち行く神楽月
神々の夜明けの淫靡神遊び
夜神楽や女神屏風の岩戸より
老いて猶少年の瞳や鬼神楽

山羊の母子

強霜の空地に山羊の母子かな
凝るでもなく
やさしげな目して

サホロ川㈠

雪虫や三角ベース中断す
雪虫や空の荷馬車が過ぎて行く
寒暁や煙管の点る枕もと
暁や霜しらじらと夜具の襟
抓む鼻くつつく朝の寒さかな
整列の靴底よりの寒さかな
立ち尽くす角巻白き旋風に
雪坂の蓆空飛ぶじゅうたんに
夕餉告ぐ母の呼び声橇の坂
凍てる夜や裸電球照る八百屋
吹雪止んで峠越え行く汽笛かな
大の字に深雪に沈み瑠璃の空

笹川小学校

寒暁や鉄路に莫蓙の轢死体
校庭の雪だるま群月光に
凍てる夜や火球消えゆく校舎裏

国会特別委員会

大臣の答弁は　官僚が用意した
無味乾燥の原稿の　棒読み
質疑応答　というは
議事進行の為の　セレモニー
表決までの　アリバイ作り

降る雪や

――修兄六十三年

降る雪や戸口に溢る靴と下駄
骸冷ゆ己が顔に白布載せ
前夜我に暖炉の始末言ひし事
ほね皮の骸押し込む冬座敷
瑠璃の空馬橇に兄の柩置く
許嫁遺影と橇の先頭に
穏坊の窯に身を寄す寒さかな
まだ熱き骨抱き吹雪く闇に出づ

怡土の国

太宰府市大字国分梅開く
里山の畑や怡土の国霞む
三月や雲の如くの旅ごころ
遠足の昼先生を取り囲み
凧を曳く先生園児追ひかける
とつとつと子供の祈り桃の花

めるとだうん

春の空ふいに死んでもいい様な
柳川や小舟に子供雛溢る
来客の去りにしあとの春の雨
フクシマのめるとだうんの春暑し
時空往く水の惑星シャボン玉
道理などある筈もなし猫の恋
逝く春やノクターン二〇嬰ハ短調

サホロ川㈡

福寿草手斧凍土をぶち切つて
暖かやざざざどすんと屋根の雪
褐色の山に辛夷の白点る
六歳やさくらさくらの首飾り
花むしろ謹厳の父酔ひ潰る

キラウエア

夜の樹に小鳥のこえの蛙かな

ぜんまいの巨木のの字火山灰

蟻に似る人影キラウエア火山

火砕流飛び散る海の夕焼に

椰子の枝に番ひの小鳥夕焼す

夕焼やカヌー過ぎ行く速度上げ

大雄滝ぐんぐんぐんと加速する

滝上の瀬の辺りひと五六人

布哇島

はろばろと砂礫広ごるカルデラよ
　月の砂漠もかくの如きと

同じ顔の日系米人蒸しまぐろ食ひつつ
　英語あやつる不思議

ワゴン車の後部座席のドア開き
　青き椰子の実零るるほどに

椰子の木をのぼりくだりの小鳥来て
　我が足下のパンを啄ばむ

その写真毅然たること武士と思ふ

　妻なる人も若き娘も
一山の如くにその葉広げたる巨木
　すなはちヒンズー菩提樹
岩陰のマリアは深き天仰ぎ
　野に在りてイエス羊を負へり
恵まれぬ子を養ひし煉瓦竈突《くど》
　その穴の数二つと四つ
龍天より降るが如く
　加速度をつけつつ壺に墜つ大雄滝
青芝に笛冴え冴えと鳴り渡る
　さむらひ曾我部四郎の墓標
墓碑記す「一切を捨て従へり」
　われ主のために何を捨てしや

ココナッツ・アイランドの夕暮

椰子の木の　生い茂る
小さなココナッツ・アイランドの　白い橋を
若いカップルが　通る
買い物袋を胸に抱えた　主婦が通る
乳母車を押す　夫婦が通る
タブレットを覗きながら　青年が通る
島の向こう岸の　テーブルの上に
男女が　うつ伏せになっている
（芝生には　小鳥が一羽）

駐車場には　車を降りた夫婦と幼女二人
橋の袂に　釣竿の青年と　Ｔシャツの少年たち
若い女性が　双眼鏡で沖をみている
島のすぐ傍を　胴体にＭｉｒａｇｅと
大きく書いた　カヌーが
ハイピッチで　通り過ぎる
ココナツ・アイランドの　静かな夕暮の風景

ティキ

手のひらに載る　大きさの
木彫り人形が　二つ
店の入口の棚に　並べてある
すぐに気に入って　私は両手に持ち
薄暗い　店の中に入った

——どちらがいいと思いますか？
——えーと　こちらがいいでしょう
　優しい顔の老人ですから

包みましょうか？
――ええ　お願いします
――この木彫りの名は　ティキといいます
ハワイの守り神です
――おお　そうですか
（私は　仮面だとか人形が好きなので
旅のときは
地方色豊かなそれらを　よく買うので
す）
買い求めた木彫りを　紙に包んでいる女主人に
私はすらりと　いった
――ところで　貴女の写真を一枚撮らせて貰
って

かまいませんか？
――ええ　いいですよ
彼女は　包みかけたティキをカウンターに置く
と
黒ぶちの眼鏡をはずして　軽くポーズを作った
何と　いま日本にいるキャロライン・ケネディ
に似ている
私は大急ぎで　シャッターを切った
彼女は元通りに眼鏡を掛け直し　人形を包み終
えた
――これから　ハワイの何処かに行くのです
か？
――明日真っ直ぐ帰ります　日本に

——そうですか　では良い旅を
——ありがとう（いい買物　それに別嬪さんと
　会話ができた）

私は　少し華やいだ気分を包んで店を出た
先に店を出た妻が　外で待っている

春の鼬

先に尾の現はる春の鼬かな
たかんなが先造成のシヤベルカー
牡丹咲く火の星の地に近づけば
夕闇の牡丹はをんな盛りかな
子燕に口あんぐりの下校の子
石橋をお囃子渡る五月かな

形而上学

仰向けば死ぬやうな気が三尺寝
這ふときの形而上学草笔る
草刈鎌放りつ放し墓の前
蕨狩りゴルフボールが落ちてゐる
夏草や赤く錆びたる罠の檻
肩車浮き沈みする夏野かな

遠い記憶

《風が　好きです
いつも》

赤き屋根

坂若葉震はす船の汽笛かな
昼月に一本足の鳥居かな
青芝や女子大学の赤き屋根
接岸の真白き巨船聖五月

老二人

その後、私は全ての人に我が霊を注ぐ。あなたたちの息子や娘は預言し、老人は夢を見、若者は幻を見る。

――ヨエル書三章一節

――この頃心臓の具合が悪いし　血圧も高いし　何時死んでもおかしくない状態です。それで　いつものように神さまにお祈りしながら死後の世界を考えていました。

で　気が付いたのですよ。死んだら　生まれ育った故郷に戻って行くのではないかって。両親も友達もそこに眠っているし　山も川も昔のままだし　一番安心するところです。あなたは元気そうだから　こんなこと考えた事はないでしょう。

――いいえ　いつも考えていますよ。私だって　もうすぐ傘寿の坂を越えます。いつ死んでも不思議ではない。私も　昔はあれこれ考えましたが　今は一言でいって神さまに全権一任です。誰かに説き伏せられたと言うより　いつの間にかそう思うようになりました。死後の世界がどんなものかは　誰にも分からないといいます。　分かっているのは　死体は腐敗して分解するか　火に焼かれて灰になり　人格も又　消滅するということです。こんな風に人生の幕が引かれるのなら　どんなに愉快に生きていても死ねばおしまい　と虚無的になるのが成り行きです。或いは　どうせ死ぬのだから　苦労してくそ真面目に生きるより　面白おかしく生きた方がまし　と思うのも自然です。

でもあのお方は　永遠の生命を信じよと言いました。私だって初めのうちは　その言葉は信じられませんでした。しかし時を経るうちに少しずつ頑固な思いが砕かれて（といっても本当は今でも分からないことだらけですが）いつの間にか　少しずつ信じるようになりました。いいえ　ある先達の言葉を借りれば　神さまに信じさせられたのです。

わたしも妻も　死にましたら　骨は教会の共

同墓地に埋葬して貰おうと思っています。
それ程大きくない墓地に大勢の人が埋葬されるので　墓は骨壺で一杯になりますから　いずれ他の骨と一緒にされて　掘られた穴の中で文字通り土となります。でも　今の私には何の抵抗もありません。どんな形にせよ　この世の旅路を終えれば神さまのお傍に集められ　永遠に生きるというあのお方の言葉をいつの間にか信じているからでしょう。
勿論そんなことは信じられない　という人は大勢います。二千年前のあのお方の時も二十一世紀の今日もそれは同じです。だから信じられないという人の心情は　理解できます。
つい何年か前まで　私もそうでしたから。でもはっきり言えることは　信じないで怖れと虚無を抱きながら死んでいくのと　信じて望みと平安のうちに死んでいくのとは違います。私は後者のほうがいい。人は必ず死ぬのですから。
今　ですか？　淡々と暮らしていますよ。健康状態から考えて　余程のことがなければ後このくらいは　生きられるんじゃないかって。勿論　いつ何が起こるかわからないのが人生ですが　意識の底でそう思っています。自分の限界を絶えず意識しながら　その範疇で可能な限り丁寧に生きる　ということです。それにまだまだしなければならないと思うことが沢山ありますから。
あ　私に呼び出しがありました。すぐに行かねばなりません。私のこの思いには　反論がお有りかもしれません。またゆっくりお話ししましょう。

羊が走る

五月雨やカタルパ白き蘆花旧家
清流の岩にくちなはしづかなり
石化けてふ岸の沈黙山女過ぐ
波間より珠玉の山女曳かれ出る
夏草や崩れたる屋に甕一つ
段々の水田に阿蘇の夕焼かな
夏の蝶牧の仔牛の後を追ふ
一列に羊が走る炎天下

命日

親父どの。あなたが亡くなってから　今日でかっきり六十年です。あなたがこの世で生きた年数と　同じです。思えば私が大学入試に合格していよいよ故郷を離れ　出発するという日の前夜　何が原因だったか親父どのと口論をしてしまい　翌朝玄関で少し暗い気分で靴を履いていると　親父どのが奥からぼそりと出て来て靴紐を結んでいる私に　家に金があるからお前を大学に遣るだなんて思うな　と言いました。

それは十分分かっていると心の内に思いながら私は何も言わず　振り向きもせず玄関を出て来たような気がします。それが親父どのとの最後の別れになろうとは　その時は思いもしませんでした。

思えば　親父どのとよく口論をするようになったのは　高校時代になってからでした。他人より少し遅い反抗期といいますか　理屈っぽくなって　身体もそれなりに大きくなってそうなったのでしょう。親父どのは　家ではどちらかというと暴君で　焼酎が入ると　俺はこれでも町では名士なんだとか　ときどき腹立ち紛れにちゃぶ台返しをしたし（私も結婚してから　一度だけ親父どのの真似をしてそれをやり　いまはそれを恥じています）いちばん腹が立ったのは酔いに紛れて　誰のお陰で飯が食えると思ってるんだという決め台詞でした。　それはその通りでしたが　しかし高校生の私は　素直に同意はできませんでした。

私たち子供には厳しかった母も　そんな親父どのには何もいいませんでした。いや　いうことができなかったのでしょう。　それだから余計にわたしが反抗したに違いありません。出発の日以前にも口論したことがあって　自分には何も悪いところはないと強情を張る私に母は頼むから父さんに謝りなさいと懇願し　仕方がないと思い　不貞寝していた？親父どのの枕元に正座して　済みませんでしたと頭を下げたことがありました。

もともと親父どのは　わたしを自分の跡継ぎにしたかったのだと思います　長兄は遠く離れて暮らしていましたし　賢兄だった次兄はその数年前に肺結核で死んでいましたから。私が一浪しているとき　親父どのは町役場のアルバイトを見つけて呉れましたし　時々は自分の測量の仕事の助手をさせて呉れたりしました。私がある村で補助教員をしていた時　大学受験の為年末で退職すると告げると　社会人として最後まで責任を果たせと厳しい手紙を書いて寄こしましたね。

親父どのが死んだと知ったのは　大学入学直後の中間試験が終わったときです。母の手紙を一読して愕然としました。同宿の同郷の友に告げましたら　友は既に其の事を知っていました。試験が終わるまでは話してはならないと国許から口止めされていたのだそうです。私は下宿を飛び出して都大路を東に向かい歩き出しました

男泣きに泣きながら歩き続けました。

さっき　近くの温泉センターに行く前に　和菓子屋で大福餅と洋羹を買ったのです。親父どのの写真は部屋に飾っていませんでしたから　お袋どのの写真の前に供えておきます（そのうち少し若い時のものですが　引き延ばして飾りましょう）。いまの　息子と私の間柄を思うにつけ　親父どのともっとたくさん話をしておけばよかったと　今更ながら悔いています　赦してください。そのうち神さまの許で再会したら

今度こそ大いに飲んで語り合いましょう　親父どの。

役者絵図

夏の灯や回廊飾る役者絵図
梅雨寒や奈落の底の薄明かり
紫陽花や無人駅舎に犬一匹
涼風や楼鐘おんと鳴る気配
プロペラの音微かなる昼寝かな
閣議決定この静けさの梅雨曇

みだれ髪

みだれ髪打つ滝行のしぶきかな
方書きの住まひに鉢の茘枝かな
いざなひの匂ひと言へり栗の花
手枕をして発つまでの昼寝かな

夫婦

事件は　真夜中の二時半ごろ起きた
八八歳の夫は
七九歳の妻の首を紐で絞めて殺した

夫婦は
二人で寄り添うようにして暮らして来た
様子が変わったのは二年前
妻が足の骨を折り寝たきりになってから
賑やかだった二人の笑い声が　周囲に聞こえな
くなった
事件の二週間前
夫は妻を近くの有料老人ホームに
入居させたが　二日後には家に戻った
費用が　払えなかったからだ

妻は　寝ているだけでも足腰が痛み
夫が一日五、六回
トイレに連れて行こうとしても
間に合わず　床を汚すことが度々だった
その度に　妻は悲しそうな表情を浮かべた
そんな妻の介護の合間に
夫は買い物や料理をこなした

事件の二日前
夫は電動自転車で買い物に行く途中
熱中症のような眩暈を　起こした
夫は　自分の体力の限界を感じた
（もし　自分が死んだら
妻はどうなるだろうか——）
そして　その日
隣の部屋で
気持よさそうに眠っている妻を見て
このまま楽にしてやろうと思い　殺害した
二人は　近所づきあいがほとんどなく
遠方の子供らとも往き来も　少なかった
周囲に　ＳＯＳは届いていなかった

夫は接見室で
アクリル板の穴に補聴器を押し当て
弁護士の質問に　応じている
落ちついた表情で　妻を「殺した」と言わず
「死なせた」と話している

西日本新聞（二〇一四年六月
六日号「ニュースインサイド」）より

相聞歌

暮れゆくや峪ひぐらしの相聞歌
朝焼や谷間の灯りぽつと消ゆ
一番竿山女の峪の白む空
遁れんと孕み山女の必死の眼
山女裂きし水辺の石を洗ひ遣る

権　力

サタンは　己れがサタンであることを
気づかせないよう　周到に振る舞う
悪しき権力とは　そういうものだ

集団的自衛権

命令する　だけで
戦場に出ることの　ない
血を流すことの　決してない人たちよ
実力集団を派遣することよりも　前に
むしろ　争いを起こさせない事のために
全力を注ぐべき　ではないか

紙の十字架

茂る草分ければ海や耶蘇の墓
崩れたる石積みの墓鬼の百合
指先の紙の十字架真清水に
ちちろ虫殉教の碑の草むらに
灯台や川原なでしこ広ぐ径

戦争ごつこ

ところてん既成事実といふ倣ひ
八月や戦争ごつこする気配
反核を反日といふ原爆忌
震災の月命日のほとゝぎす

戦争を忘れた頃の敗戦忌
夏灯り消し原発に一矢とす
亡き母に似て来し伴侶渋団扇

津　波

登る　登る　登る
駈け上がる　駈け上がる
だが　津波は
ぐんぐん押し上がって　来る
この巨大なビルの　最上階まで
階段を　必死に駆け登って来たが
遂に最後の時が　来た
力が　尽きた
見渡す限り　怒涛だ

信じられないが　いよいよ最後だ

と　思ったら
いつの間にか私は　岩の上にいる
日が燦々と注ぐ
——先生　海パンが脱げてるよ
見ると　海藻が
腰の回りから　一枚ずつ剝がれて行く
——ははは　お前たちもじゃないか

よく見ると　おおつきみつこ
すずきりょうた　かんださちえに
おかむらりつこ　ではないか

さかもともいる（若気の至りで
手を上げて済まなかった。謝る）
いしかわも　きしだもいる
懐かしい　なあ
六十年振りだ　なあ
みんな　無事でよかったな
いや　ぼくら生まれ変わったらしい

居酒屋にて

既成事実って　おっかないね
自衛隊法も　そうだったし
ＰＫＯ協力法も　そうだった
特別秘密保護法　も
集団的自衛権行使容認も　多分そうだ
権力は　よく知っている
喉元過ぎれば熱さを忘れる　とか
熱しやすくて冷めやすい　とか
この国の民の性分は　いまも昔も変わらない
この国の民主主義が　根付くには
あと百年は　かかるね
もう一度　ひどい目に遇わないと
分からない　のかねえ

ブルーベリー

（初生りの　ブルーベリーの
二粒の　一つは夫に
一つは私）

バス停

バス停の　見知らぬ子らと
言葉交はし　硬さの頬の
解るを　覚ゆ

少年へ

いまは　変わり者だと
仲間内から　思われていても
やがて　上級学校に進めば
きみよりも　もっと変わった奴がいて
自分が　特別変わった人間ではないことを知る
　だろう
それまできみが　どれだけ周囲の好奇の視線を
無視できるかに　きみのこれからの有り様が
懸っていると　ぼくは思う

さい子没後七十年

零歳の
赤子のままに短折の
妹を思ひぬ傘寿の晩夏

ふっくらと赤子の写真
亡きははのアルバムに今
美形の面差し

サホロ川㈢

すずらんや十二の姉に手を曳かれ
郭公や校舎のポプラ一列に
大利鎌蕗の頭をちよんと切る
白の斑の青い山脈薯植える
竹ひごの籠より蛍天井に
欄干の捨身往生川あそび
鰍突く手作りのヤス足を突く
迷彩の木々屋根に置く雲の峰

耳と目を塞ぎ地に伏す炎天下
サイレンや炎天全力疾走す
意味不明の玉音といふ真夏かな
新しき木刀のまま夏終る

音の鉱脈

大都会の　高層ビルの間隙に波打つ
良質の音の　鉱脈よ
電源を　入れると
美しく豊かな　シンフォニーが
走る車のスピーカーより　吐き出される

コピペの式辞

河砂の庇の崩る良夜かな
秋雨やじやんがらの鉦遠ざかる
平和いふコピペの式辞敗戦日
いかづちの真昼の豪雨敗戦日
梅檀の中より一機秋の空
化粧つ気ない方がいい草の花
死に場所は己が勝手と秋の蟬
空き瓶を出す昼の虫聴きながら
土間先に笊蕎麦を食ふ秋暑し

白狐頭上を飛べり村芝居

竿納め

邯鄲や谷間に灯り二つ三つ
山翡翠の穂草の堰を越え往きぬ
山女釣り上へ上へと急ぎ行く
山女竿納めて老いの一区切り
姿見ぬ山女に流す残り餌
水の精の山女たちまち甘露煮に
串刺しとなりたる軒の山女かな

武一

瓦屋の息子の武一《たけいち》は
街の子供たちに　人気があったのに
突然　姿が見えなくなった
飛行機乗りになったらしいと　噂が立った
戦争も　敗色が濃くなった頃だ

ある日　頭上すれすれに爆音がしたとき
瓦屋は手にしていた瓦を　放り出し
女房に叫んだ

武一だ　大急ぎで旗を持ってこい

瓦屋は
持って来させた日の丸の旗を　竿に結び付けて
外に飛び出し　空に向かって力いっぱい振った
すると　遠くに離れていた戦闘機が一機
みるみる近づくと
瓦屋の家の上で　左右に翼を振った
一瞬だが　敬礼する白いマフラー姿が
見えた
武一！　武一！
と　瓦屋は大声で叫び続けた
しかし　飛行機は大きく旋回すると
そのまま飛び去った

それから間もなくだ
南太平洋で　敵の編隊と出会い　空中戦の末
武一が　戦死したという知らせが
伝えられたのは

戦後　小さくなってしまった老婆が
石の地蔵を　毎日拝む姿が見られたそうな
四国の　小さな町で

——NHKラジオ「音に会いたい」より

サホロ川㈣

唐黍を捥ぐぽつきんと音させて
褒められて母唐黍を気前よく
きりぎりす風の向かふは兄の墓
山ぶだうの蔓を揺すれば山匂ふ

白鳥渡る

秋の山背丈小さき父母の墓
秋の日や川土手を来る園児たち
老いて猶ちゃん呼びをするちゃんちゃんちゃんこ
かうかうと白鳥渡る日暮かな

老いてなほ

白樺の林の空に藍残し
　トマムの森は昏れ行きにけり
老いてなほ歌姫の名の幼馴染
　改札口に出迎え呉れぬ
八十になりにし爺と婆達の
　ちゃん呼びをするクラス会かな
先生を母ちゃんと呼び恥じらひし
　国民学校一年の春
真夜中に蒼き火燃ゆと聞かされし

山頂きへ車一気に
餅屋てふ綽名の怖き先生の
罰は神社の山の往復
空襲のサイレン鳴りし駅前の
いまは静かに紅葉且散る
草叢にオランダゲンゲ開きをり
軍馬の餌と嘗て摘みにし
六つ違ひの少女の姉に手を引かれ
スズラン狩りし道を再び
街走る馬橇の尻に飛び乗りて
坊主帰れと言われし在所
終戦の玉音聞きし校庭に
色とりどりのブランコありぬ
人魂に姉の手しかと握りしめ

逃げ帰りたるガードを潜る
橇にせし莚魔法のじゆうたんとなりて
急坂一気に下る
暮るるまで遊び呆ける橇の坂に
夕餉を告げる母の呼び声
氷柱ごとトタン屋根より落つ雪の
激しき音は春を告ぐ音
晩酌の父の焼酎買ひし店
いまはひ孫の瀟洒なスーパー
自転車の父の決まりの鼻唄は
「見よ　東海の空明けて」なり
自転車のハンドル損ね
側溝に落ちにし父の衰へ知りし
川遊びせし佐幌川二条橋神社の山は

わが原風景
銭湯の桶音響く路地裏の
かつての我が家跡形もなし
爺っこてふ名の輩と歌姫に送られ
故郷の駅を離れぬ

一位の実

ハンサムな人にと美男葛遣る
白蓮と村岡花子一位の実
部屋模様変えて灯火を親しめり
年寄るや釣瓶落としより速く
颱さつと過る中央分離帯
落日やまんさく黄葉灯の如く

実無き言葉

声高の実無き言葉蔦枯れる
ビルを背に豪華客船年の暮
白き山ばりつと寒き朝かな
イブ礼拝少年二人灯を点す
聖誕や糞土匂へる家畜小屋
軒下にかささぎのゐる寒暮かな

月光の駱駝

二〇一五年

祈り捧げる幼子

献金の祈り捧げる幼子の
たどたどしさの
愛らしきかな

遠き道

遠き道老人が行く初景色
還暦のいまも丸文字初便り
鬼すべや走る松明火を零す
鬼すべや炎と歌ひゐる男たち
礼拝の膝に差し入る冬日かな

不可解

アフリカ・ケニアの　ガリッサ
隣国ソマリアに　拠点を置く
イスラム過激派の武装集団　アルシャバブが
大学を襲い　学生たちを
イスラム教徒と　キリスト教徒に分別して
キリスト教徒だけを１４７人　虐殺した
——主よ　お助け下さい
と　悲痛な叫び声を上げた　その瞬間
二人の女子学生は　銃弾を撃ち込まれ即死した

何という無残　何という不条理
しかし　神は讃えられよ
二人の学生の信仰は　讃えられよ
キリスト者と分かれば　殺されると
分かっていた　筈なのに

だが　この不条理は不可解
たとえ　愛の人イエスを十字架に架ける
人間世界の出来事と　いえども

ホモサピエンス

寒梅や城に二の丸三の丸
本流に支流のしぶき春隣り
梅ふふむ路地をぶんぶん郵便屋
春の雲ホモサピエンス鳥になる
春の風邪恋の微熱にゐる心地
陽を追ふて室から室へ冬の午後
悪政は天災の兆春の地震

四郎陣中旗

呼び鈴を押し暫くは梅の花
白梅や切支丹の血の古屋敷
パンジーや教会の前猫二匹
春灯や膝折り祈る隠れ部屋
強東風やはためく四郎陣中旗
しかばねを埋めにし窪地草青む
強東風や鴉小鳥を咥えゐる
霾るや歩調取る音近づき来

ことわざ辞典

自発的隷従の概念を　君は承知しているか
圧政は　支配する側の力で維持されるのではな
く
むしろ支配される側の　自発的な隷従によって
支えられるというもの　即ち
――一人の最高権力者に対して　取り巻きがこ
びへつらい
歓心を買うことで　権威と権力を借りて他
の者を圧迫する
その取り巻きを　さらに取り巻きが囲む
圧政に寄生し　利益を得る無数の隷従者に
支えられたシステム

世のことわざ　曰く
虎の威を借りる　狐
長いものには　巻かれろ
犬に論語　馬の耳に念仏
無理も通れば　道理になる
どこかの国と　そっくりではないか
ついでに　いろは歌留多曰く
憎まれっ子　世にはばかる
井の中の蛙　大海を知らず
臭いものには　蓋

猿も　木から落ちる
身から出た錆　だって

——二〇一五年六月四日　毎日新聞記事より

使者の列

春雷や第一球はストライク
人間の滅びし後も春の虹
鐘楼は板戸を閉ざし梅の花
大宰府へ使者の列行く揚ひばり
里山のけむりや怡土の国霞む
啓蟄や印刻に似る次兄の忌
翅のあるごとく滑空ぼたん雪
万愚節戦争知らぬ大人たち
一面の花菜の黄色鬱少し

ｂ·ｉｃｙｃｌｅ

頑丈と優しき様のｂ·ｉｃｙｃｌｅ
一つは息子
一つは嫁女

静かな吐息

着流しの天鈿女の腰や春神楽
春の夜や阿蘇は鞴の火の如く
重なりて浅蜊静かな吐息かな
春満月濡れて震へてゐるやうな
受難節穂先鋭き包丁得
春日傘古希の乙女の二人かな
いつもながらの母の忌日の桜かな
食む雀どち大東風の雨の中
花むしろ尺八の人離れゐる

見ざる聞かざる言はざるか昭和の日

蒲公英の絮苦海へか浄土へか

日語漢語

噴き零す老木の意地樟若葉

若葉風古墳の坑の奥深く

逝く春やレコード盤の掠れ音

海鼠壁沿ひに舟ゆく堀薄暑

舟遊び日語漢語と言交す

畑中の一本道や夏雲雀

休耕田駒の脚形賑やかに

工場の如くパイプを苺小屋

柳条湖事件の日に

オカルト集団だね　まるで
世にも怪しげな教祖様の　御託に
いつのまにか　洗脳されて
命令に絶対服従の　兵卒のように
リモコンで動く　ロボットのように
思考の回路を　自ら遮断して
指示通りに動く　木偶の坊たち

啄木の蟹

鶯のこえの贅沢水を汲む
忘年の友といふべし生ビール
忘れ潮啄木の蟹這ひ出でよ
花蜜柑匂ふ車窓を通り抜け
菖蒲湯や髭に埋もる笠智衆
酒蔵の屋根に菖蒲の剣かな

ひめゆりの塔

ひめゆりの　塔
一《メートル》　あるかなしかの
つつましい　慰霊碑
そのすぐそばに　天に向かって
鮫のように　ぽっかりと口を開けた洞窟
それが曾ての　沖縄陸軍病院第三外科壕跡
大勢の観光客が　そばを通り過ぎるが
誰一人　近づいて
中を覗き込む者は　いない
ただ　南国の強い日差しだけが
眩しくて

一

一九四五年三月二十四日夕　私たちは　県立第一高女から南風原《はえばる》の陸軍病院へ　向かった。防空頭巾にリュック　もんぺ姿で　軍歌をうたいながら。淡い月が懸っていた。

　真夜中に三角兵舎に着きました。戦争の本当の恐ろしさを知らない私たちは　始めの数日は楽しく話し合っていましたが　やがて艦砲射撃が始まり危険な状態になったので　私たち三年生二十数人は　一日橋《いちにちばし》分室壕に移されたのです。

　新しい壕の二辺は　各々十メートル　天井は一・八メートル。中央が軍医と先生と私たちの部屋です。三畳より狭く　板が敷いてあるだけ　寝返りも打てません。やっと歩ける幅の通路の両側に木製のベッド。そこに傷病兵を寝かせました。所々にロウソクが点された。

　やがて米軍の攻撃は激しくなり　数十メートルの小川へ水を汲みに行くのも　野天のトイレも命がけ。風呂はなく身体は真っ黒で　体中シラミだらけ。女学校の制服から軍のカーキー色の服に変わったが　それでも白百合の校章をきちんと胸につけていました。


　そのうち負傷兵がどんどん出て　包帯が足りなくなって　包帯交換もままならなくなった頃　膿や糞尿などの混じった異臭にも慣れてきました。壕の外に出たときは空気が美味いと思った。

　戦況がさらに激化すると「女学生さん、便器をお願いします」「女学生さん　水を下さい」。それこそ目の回るような忙しさ。包帯交換は三、四日に一度です。包帯の下からウジが湧き出てくる。ウジが動くとチクチク痛むのです。痛さを堪える呻き声。それに　足をノコギリでゴシゴシ切る音。「ヤンキー　ヤンキー」。死んでも恨むぞ」と叫ぶ声。いつの間に静かになったと思うと　もう死んでいました。

二

五月。壕の近くに爆弾とガス弾が落ちた。学友二人が　顔を真っ黒にして即死した。傷病兵も四、五人即死。壕内は大騒ぎになりましたが学友の死に悲しんだり涙を流したりする暇はなかった。精神的ショックで　我らの生理も止まっていました。

傷病兵に精神異常をきたす者が出始めました。生きるか死ぬかの瀬戸際で、男である兵隊は野獣みたいに欲望を丸出しにしました。怖かったです。

五月末　米軍が迫ってきたので　さらに南部へ撤退しました。「歩ける負傷兵と　女学生は早く壕を出て行け」と　軍医が命令しました。追い立てられるように一日橋分室壕を出た。

負傷兵は四十人ほどいましたが　歩いて出たのは私たち女学生と負傷兵四、五人。壕を出るとき　兵隊が手りゅう弾を一個ずつくれた。「敵に捕まったら　耳も鼻もそがれ　八つ裂きにされる。いざとなったらこれで自決するんだ」といって。私は生き延びれるだけ生き延びたいと思い　手りゅう弾をそっとタオルに巻いてリュックに入れました。壕から出るとき　出入口にいた衛生兵に　残していく負傷兵はどうなるかと聞いたら「注射で眠らす」といった。

その後壕を転々として　最後が糸満市伊原の陸軍病院第三外科壕。いまのひめゆりの塔のところです。そこには軍医　看護婦　女子師範生第一高女の三、四年生　民間人　兵隊がゴチャゴチャと九十人ほどいた。壕の外は　ひっきりなしに敵弾が飛んできましたが　夕方の六時には　決まってひと休みした。そのときに　水汲みやサトウキビ集めに駆け出ました。負傷兵を見つけると軍医に報告します。「どこの部隊か。医療品がない。自決せよ」というだけです。

第三外科壕は壺のような形で　綱梯子で出入りします。昼間は壕内でも明るいのです。

普段の壕の中は仕事もなく　じっとしているだけでした。

三

六月某日未明　ガス弾が壕に投げ込まれた。パッと青白い火花が散った。それが兵隊にかかり　上着一面に青いものが光った。「黄燐弾だ。上着を脱げ。ただれるぞ」と誰かが叫んだ。兵隊は上着を脱ぎ捨てた。また　青白い火花が飛び散り　「カーン」と金属音がして　白煙がもうもうと上がる。「ガスだ!」と叫び声がした。「水筒の水をハンカチに浸してマスクしろ!」。一つの水筒を奪い合うようにして三角巾に湿し口と鼻をふさぎました。

息が苦しい。手さぐりで逃げ出そうとすると誰かが「つねちゃん」と片方の足にしがみついた。全身がしびれてくる。「天皇陛下万歳！」「海ゆーかばー」「先生、先生」。夢のような気持で倒れていきました。

それから何時間たったかわからない。顔に温かいものを感じ目を覚ましました。　太陽が壕内を照らし　あたりはしいんとした死の世界です。右も左も死体ばかり。　話しかけようとしても声が出ません。手真似で「水を飲ませて」といったら　岩にしみ出る水を脱脂綿に湿して口に含ませてくれた。やっと声が出た。しばらくして座ることが出来ました。立って歩こうとしたが　痛くて歩けない。左の太ももが真っ黒に腫れ上がっていました。

四

二夜を明かしました。生き残ったのは兵隊四人　民間人　先生　女子師範生五、六人　県第一高女生は四年生一人　三年生は私一人。　しばらくして兵隊は壕を出たが　敵にやられたと一人だけ戻ってきた。　女子師範生は出て行ったきりでした。負傷して歩けなかった私を含めた四人と　負傷兵の一人が壕に残された。

三日目に私たちは壕を出た。壕の死体は真っ黒になって膨れあがり　ウジがいっぱいにたか

って　ものすごい悪臭を放っていました。夜中にはウジの動く音が「ジャクジャク」とお湯が煮えたぎるような音を出す。死体の間で寝起きしていても　怖いという気持ちも悲しみもなく涙も出ません。感情のない生ける屍でした。

残った乾パンや　サトウキビの根っこを齧った。あまりに水が欲しいので　一人で壕の外へ這い出て　畑でサトウキビを引き抜こうとしたら　銃弾が数発飛んできた。とっさに地面に伏せて這い戻った。負傷兵は「早く壕を出なさい。自分は歩けないから自決する」といってききません。やむを得ず四人は壕を出たのです。もう着の身着のままです。

縄梯子を登ろうとすると　金丸節子さんの美しい顔が見えました。梯子の三段目には　ウジの湧いている兵隊がぶら下がっていた。登ろうとするところを撃たれたのでしょう。

壕を出たとき　煙はくすぶっているが　艦砲の音はありません。銃声も聞こえません。不気味な静けさですが　青空と白い雲はやけに美しくさえありました。六月の太陽は西に傾き始めていた。座覇千代子さんと私は　肩を抱き合ってしばらく青空を見ていました。

――城間（旧姓金城）素子《つね》さんの証言・
『沖縄・八十四日の戦い』（岩波書店）より

海の青さ

沖縄の海の青さよ
　戦争の哀しみ沈め雲の果てまで
青き海を赤き浮具の囲ひゐる
　辺野古の岬いづくのものぞ
沖縄のライトブルーの沖遥か
　特攻隊機墜ち行くを見ゆ

地の塩

川中の廓は飛び石雨つばめ
地の塩いふ草田男の句碑苔の花
吊り革も座席もスマホ冷房車
燻銀の野をゆく電車麦の秋
すつぴんに如かず浴衣の娘たち
鳴き方は安保許可局不如帰
献体の話さらりと百合の花
蔓棚の小桶にラムネ五六本
布草履素足の裏をごつごつと

祭り太鼓

夏潮や白幡見ゆる壇ノ浦
山門の盆提灯に背伸びする
本殿の琴しづかなり飾り山笠
久闊をいふ旧友の西瓜かな
まだ昏れぬ水田を祭り太鼓かな
炎昼や少年に似る己が影

さびき釣り

さびき釣りって　知ってる?
長い釣り糸に　疑《ぎ》餌《じ》鉤《ばり》をつけて
竿を　上下に動かして
疑似餌が　いかにも泳いでいるように
見せかけて　魚を釣るのさ
それだけじゃないよ
小さな籠をつけて　オキアミをいっぱい入れて
水中に　ばら撒くから
魚は　本物と偽物の区別がつかなくて

それらしものに　食いつくんだ
我々だって　同じようなもの
騙されちゃ　いけないよ

べんたう箱

秋天や飛行機一機ナガサキに
十一時二分の虚空蟬の声
女子師範跡を告ぐ碑や蟬の殻
向日葵や被爆校舎を中継車
骨入れしべんたう箱や長崎忌

鉛筆の芯

機銃てふ錆の塊夏日差す
零戦のプロペラの反り手に涼し
雄渾の特攻の遺書夏終る
鉛筆の芯の弾降る雲の峰
夏木立被爆の跡に井戸一つ

女と男

胸が大きくても　もう意味がないわね　と
少女っぽさを　いまだ残した
還暦の　知性派が言った
本当にそうよね　と
まだまだ赤いコートの　似合う
古希の熟女が　相槌を打つ
その話を聞いた　傘寿の爺は
ただ　笑みを浮かべただけで
何も言わなかったが　心の中で思った

そんなことは　ないって

水城跡

小遣ひと母呉るる夢盆の入り
白粉花や動機不純のうはさ立つ
水城跡都府楼跡や稲は穂に
草の上に蝶の屍のうぜん花
染料用花合歓ばさと大利鎌
水中花小えびの骸うす赤く
灯を消せば褥に月の光かな

草の花

安保法に阿蘇の爆発冷まじや
議事堂の海夜光虫埋め尽くす
筆箱に誰が入れたか草の花
天の川霊長目ヒト箱舟に
逝く秋や箱根八里は徒歩で越す
街灯り空地の空は秋の暮
むぎ藁を負ひ畑中を蟾蜍
いふなれば老いの贅沢灯火親し
デモ隊の遠ざかり行き秋の暮

戦争が続いている

草むらが　広がる
塀に囲まれた一軒家が　ある
双方から　日本軍と米軍が近づいて来る
上空を　B29の編隊が過ぎて行く
私が裸足で逃げ回っていると　朝ドラ《まっさん》の
外国人妻ジュリーさんが　下駄を貸してくれた
地下壕の縄梯子を　老婆たちが昇り降りしている

天井を突き破り　上に顔を出したら
モンペ姿の女学生たちが　手を引いてくれた
ここは　戦場
まだ　あの戦争が続いている

さとうきび畑

秋夕焼燃え尽き東シナ海に
九・一九しーさー睨む海の沖
沖縄やぎいこぎいこと秋の蟬
城壁の草茫々の秋の空
首里城は王国の自負秋澄めり
王陵を守る獅子たち天高し
さとうきび畑の戦ひめゆり碑
秋蟬や丈の小さきひめゆり碑
仏桑花いしぢに波の音絶えず

仏桑花いしぢを進む車椅子
さとうきび噛めば微かに乳の味
透き通る波やはらかし秋の海
秋夕焼半円描くモノレール
秋没日ほろんほろんと改札機

盥のごとき日

夜学の灯首席の栄誉賜りぬ
首都直下地震の予兆月赤し
盆の市店主は首を横に振る
長塀に梯子だけあり松手入れ
新涼を言ひあらためて用を言ふ
秋の夜や小爪を膝の上に落とす
白波に鱚釣り浮子の行方かな
冷まじやＣＴ映す我が眼窩
ひつじ田や極彩色の一輌車

天高しこの世の中の暗きゆゑ
杉落葉積もるしづけさ老一人
晩秋や盥のごとき日が沈む

時間

十分に　長いか
それとも　やはり短いか
残された時間の　ことだ

月光の駱駝

正倉院の琵琶みづみづし雁渡し
月光の駱駝に琵琶の詩人かな
曲線のガラスの館実むらさき
ビル街を少年神輿しづしづと
逝く秋や復活の文字墓石に
渾身の力鉈豆の莢を解く
晩秋や余りいのちの使ひ方

白穂の原

月の夜や白穂の原を狐跳ぶ
宵月やいさり火見ゆる三角線
鳥の子の角行燈や草ひばり
お転婆や男子は角力仲間なり
竿打ちの松かさ拾ふ幼女かな
落葉焚き終の住処は墓ならず
握り締む聖餐の杯蔦もみぢ

不条理

世界にはびこる時代　であるならば
どうして　神を信ぜずに
生きられようか

――旧正月休み中に新発足した（某）国
ロケット軍が中距離ミサイルの実弾演習
をした。炎と共に建物が吹き飛ぶ画像を
メディアに流している。
（毎日新聞　16年2月18日《木語》）

理不尽な砲弾が
予告なしに飛んで来て　人の命を
瞬時に吹き飛ばす不条理　が

黄櫨の木

村しぐれ唐臼どつと水を吐く
藁の餅抱いて微笑の田の神さあ
枯蟷螂上へ上へと登り行く
冬の夜や丸薬の粒見失ふ
冬カラス黄櫨の木人の骨に似る

聖誕節

軒下に落葉集めて珈琲屋
ひとり駅に握り飯食ふ寒さかな
海港を水脈伸び行くや冬麗
死ぬことも心の隅に日向ぼこ
聖誕節弾打ち込まる世界地図
池端に花束雨のクリスマス
年越や兜太の文字貼りしまま
新聞の切り抜き厚く日記果つ

いのち

望みは　望み
しかし　お決めになるのは
天の父
納得して　います
それで　いいのです

あとがき

伊藤　冬留

第五詩集《冬の挽歌》は、二〇一一（平成二三）年後半から二〇一五（平成二七）年末までの、主として詩誌「回遊」（回遊詩人会　南川隆雄代表）、俳誌「杏長崎」（杏長崎俳句会　深野敦子代表）、俳誌「自鳴鐘」（寺井谷子主宰）に発表したものを中心にまとめた。俳句等の併記は第三詩集、第四詩集をそのまま踏襲した。

この詩集を纏めている間に熊本・大分を中心とした中九州で震度七を超える大地震が発生した。二〇一一年三月の東日本大震災の記憶がまだ生々しく残っているというのに真実辛く酷いことである。

またそれ以前に原発再稼働や特定秘密保護法、集団的自衛権行使容認、東京オリンピック・パラリンピック、辺野古に象徴された沖縄問題、これらと関連する憲法改正の提起等考えなければならないことが数多くあり、心の休まらない日が続く。この詩集が出来上がる頃は参議院選挙は終わっているだろうが、我らが日本丸はその頃どちらを向いて航行しようとしているか。

この詩集の出版に当たり、表紙絵を描いてくれた東京・国分寺市在住の妹水野泰子に感謝の意を表したい。

二〇一六年六月一日

伊藤冬留（いとう ふゆる）

〒818-0043
福岡県筑紫野市むさしヶ丘2丁目26-22

1935年2月　北海道生まれ
同志社大学文学部文化学科卒
著作『巡礼歌』（梓書院）　『辻音楽師』（中川書店）
『冬の旅人』（鉱脈社）『冬の楽章』（鉱脈社）

第五詩集《冬の挽歌》

二〇一六年六月二十三日　初版印刷
二〇一六年七月　十　日　初版発行

著　者　伊藤冬留©

発行者　川口敦己

発行所　鉱脈社
〒八八〇－八五五一
宮崎市田代町二六三番地
電話　〇九八五－二五－一七五八

印刷
製本　有限会社　鉱脈社

印刷・製本には万全の注意をしておりますが、万一落丁・乱丁本がありましたら、お買い上げの書店もしくは出版社にてお取り替えいたします。（送料は小社負担）

© Fuyuru Ito 2016